Favorita

Heinz M. Strohbach

Favorita

Drei Kurzgeschichten

edition atelier strohbach bern

*Bibliografische Information der Deutschen Nationalbibliothek:
Die Deutsche Nationalbibliothek verzeichnet diese Publikation
in der Deutschen Nationalbibliografie; detaillierte bibliografische Daten sind im Internet über http://dnb.dnb.de abrufbar.*

© 2013 atelier strohbach bern
Umschlag: asb
Layout: c@pdevi.la
www.strohbach.ch
heinz@strohbach.ch

Herstellung und Verlag: www.bod.ch
BoD-Books on Demand, Norderstedt
ISBN: 978-3-7322-8012-4

Favorita	8
Die Entwahnung	20
Dionysion	30

„Der Sommerabend ist noch lang, die Mutter nicht zuhause und der Vater deswegen ja auch nie."

Favorita

Dreißig Jahre später ist die Stelle geteert.

Fein säuberlich. Wie fast alles in diesem Land. Jetzt ist auch die Erinnerung gepflastert. Zu und abgehoben. Die Natur hat aufgegeben. Die Augen können geschlossen, müssen gedrückt werden. Alles ist zum Kotzen klar. Jeder und Jede wissen fortan ganz genau, wo was ist.
Die Stelle grenzt eine Seite ab. Nur eine Seite vom Platz. Dahinter sind Gärten. Freizeitgärten. Klein, für kleine Menschen, die eine Stelle haben müssen. Ein Plätzchen vielleicht, aber nicht eines von dieser Art, wie sie nur zwischen Teerplatz und den behüteten, mit Zaun abgrenzenden Pflanzenträumen, von den sie hegenden und fast unheimlich wohl meinenden Leuten, möglich sind.

Eine andere Seite am Geviert beherbergt eine Häuserzeile. Darin einen Blumenladen, kleine Geschäfte und ein Restaurant. Vielmehr ein Café. Oder ein Tearoom, in welchem trotzdem mehrheitlich Café oder Bier getrunken wird. Das Lokal heisst „Favorita".

„Hol' mir schnell ein Päckchen MaryLong" und der kleine Junge darf springen. Quer über den Platz ins Favorita. Neonblau und blass steht der Name über den Fenstern. Oftmals unterbrochen, weil eine Röhre defekt ist und manchmal mit schnippisch hohem Klicken nur teilweise und in vollkommen unrhythmischen Intervallen ihrem Dienst nachkommt.

Erster Kontakt also mit Glitzer ohne Glamour für den Kleinen. Er will schnell sein für die Mutter, nützlich und unentbehrlich. Er will raus aus Engnissen und Regeln. So kann das Insbettgehenmüssen hinausgeschoben werden. Für einen freien, kurzen Augenblick lang. Darum rennt er beim Hingehen und zurück geht es länger, langsamer. Immer an der ungeteerten Stelle vorbei, dort, wo die Gärten beginnen und der Platz aufhört.

Am Tag ist immer viel los. Schliesslich ist da noch der Friedhof. Dem Favorita gegenüber. Der Platz dazwischen dient als Parkplatz für die Trauernden, oder für die, die sich dafür halten. Am besten gefallen dem kleinen Jungen diejenigen, welche noch schnell ins Blumengeschäft gehen müssen. Sie haben die schäbigsten Autos, sind am meisten verwirrt und können vielleicht - nur vielleicht - etwas mehr trauern.

Die hohe Friedhofsmauer ist wirklich abweisend. Der, oder einer von mehreren Nebeneingängen, ist mit schweren Eisentoren vermacht. Mit krönendem, goldig gestrichenem Geschmiede als Abschluss. Himmelwärts. Für den Kleinen ist es auf jeden Fall goldig und echt, was da oben glänzt. Sowas haben nur die Reichen. Ob hinter oder vor der Friedhofsmauer. Zu verheissungsvoll und zu unüberwindbar für den kleinen Jungen. Er will ja nur den Ball oder seinen flugtüchtig gefalteten Papierflieger heim holen. Das Heimholen muss eben überwunden werden. Heim geholt zu werden scheint mehr zu sein als ein Spiel.

Immer wieder kommt der Junge an der Stelle bei den Gärten vorbei. Eigentlich jedes Mal, wenn er das Haus verlässt. Oder es verlassen muss. Er für den Kindergarten und sein Bruder für die Schule. Haben die Brüder am Morgen noch etwas Zeit, dann bleiben sie mitten auf dem Platz bei den Bäumen stehen. Dann spielen sie „Auto erkennen". Der eine hält dem anderen die Augen zu und dieser muss das vorbeifahrende Fahrzeug am Motoren- oder Auspuffgeräusch erkennen können. Gehörbildung heute. In der Mitte der Jahrhunderts und am Ende des Jahrtausends. Der kleinere der Brüder will später Musiker werden. Einfach und genial wie dieses Kinderspiel.

Am einfachsten sind die Volkswagen. Schon die Abkürzung VW gibt den Brüdern Gelegenheit, ihre gespielte Langeweile zu äussern. „Vauweeeh." die haben sowieso Kieselsteine oder gar Kirschensteine im Auspuff. Anders die Amerikaner: Sie tönen mächtiger und sind hässlich. Besonders der Chevy. der Chevrolet Impala. Von hinten sieht der aus wie ein zerknitterter, aufgeschlagener Groschenroman. Der Kleine mag den gar nicht. Zur hellen Freude des Grösseren.

Die DKWs, genannt der deutsche Kinderwagen, klingen wie mit Zuckerwasser betrieben, hingegen die Renaults wie Rennwagen. Dazwischen ein quäkiges Motorrad oder ein lispelnd surrendes Velosolex. Und immer wieder die Kirschenkerne, die Kieselsteinbüchse.

Das Trottinett der Brüder liegt wartend irgendwo. Wenn es dann Zeit wird zu gehen, setzt sich der Kleinere ganz zusammengekauert vorne aufs Trittbrett, stützt die Füsse auf den Radnaben ab oder verschränkt sie über dem Schutzblech. Zum Halten benützt er die Lenksäule. Für den Älteren wird es knapp, auch nur einen Fuss auf das Brettchen zu stellen. Er muss ihn querstellen. Mit dem anderen muss er Tempo machen.

Weg vom Platz, weg von der ungeteerten Stelle. Zur Schule und zum Kindergarten.

Überhaupt wird viel geteert. Immer und immer wieder rücken Baumaschinen auf. Der Friedhofsmauer entlang und weiter muss eine Strasse her.

Und mit ihr eine neue Siedlung. Besser und grösser und: zum Teer passend, so scheint es.

Immer wenn geteert wird ist der kleine Junge fasziniert. Und angewidert. Von den grossen Maschinen, dem Ohren betäubenden Lärm, dem heissen Dampf und der Veränderung einerseits und dem begleitenden Gestank und einer unergründlichen Angst andererseits. Beides zusammen geht nur, wenn er sich eine frisch duftende Orange unter die Nase hält und Abstand wahrt.

Die Strasse ist fest und getrocknet. Die Siedlung ist hochgezogen und fast noch im Rohbau bezogen worden.

Im Hochparterre sieht der Junge zum ersten Mal einen Fernseher. Und ein Dutzend andere Kinder mit ihm. Sie alle klettern hoch und hängen wie Hornissen an oder auf der Brüstung. Sie kriegen vor lauter Krampf vom Halten, dem Kampf ums Sehen, vom kleinen Bildschirm vielleicht mal die Hälfte mit. Klein, flimmrig und graublau. Oder schwarz und weiss. Die Welt im Apparat ist halt so. Ivanhoe, Nerven wie Drahtseile, Lassie und Fury. Auf oder an der Brüstung und im Kasten.

Der Wind für den Papierdrachen, dem begeistert gebastelten; er wird auch später noch wehen. Nach der Sendung. Nach dem Gut und mit dem Bösen. Der Sommerabend ist noch lang, die Mutter nicht zuhause, der Vater deswegen ja auch nie. Dann wieder vorbei an der Stelle bei den Gärten und dem Platz, hinauf zum Bahndamm und Drachen steigen lassen.

Einmal im Monat ist die Stelle besetzt. Es steht ein Auto darauf. Schräg steht es, die ausgetrocknete Pfütze schluckt eine halbe Reifentiefe und die Motorhaube, die geschwungen hellblaue schaut zu den Gärten. Der kleine Junge muss den Mann kennen, der da aussteigt. Wenigstens bis zum Hosenbund. Den Menschen oberhalb sieht er nur Einzahlungsscheine ordnen. Sie liegen in der Früchteschale ohne Früchte, auch ohne Orangen.

Der Mann mit dem blauen Auto auf der ungeteerten Stelle, zwischen Wohnung und Favorita, also am Rand des Platzes, ist sein Vater.

Einmal, es ist Sommer, steht das Auto überraschend und unverhofft an der Stelle. Es ist heiss. Nasse Wäsche eingepackt und die beiden Brüder auch. Streit, und ausgelieferte Ergebenheit. Und dann die Autostrada del sole. Der Kleine drückt die Nase platt. Die Frontscheibe trennt mit Spannung die Gefahren von der Erwartung. Rimini.

Die Wäsche auf der Kühlerhaube ist getrocknet. Meer und noch mehr Sand und noch viel mehr Sonnenschirme in der Hitze. Schwarze Pneuschläuche scheuern Kinderhaut im ersten Salzwasser. Jeden Abend eine Gelata und wenn es zu heiss ist wird gegenseitig, auf des andern Rücken sitzend, die verbrannte Haut abgezogen.

Wieder zu Hause wird abgeladen. Ausgeladen auf der Stelle und an der Stelle. Vater ade. Hosenbund wirst wieder kommen. Spätestens nächsten Monat.

Die Stelle ist ungeteert geblieben.

Der Junge wird älter. So wie sein Bruder auch. Die Momente, die Stellen begleiten sie weiter. Freunde und Verwandte werden auf dem Friedhof hinter der grossen Mauer zu Grabe getragen. Der Junge sah,

als Grosser erfährt er beide Seiten. Das Krematorium raucht wie eine Dampfmaschine. Vor dem Leichenmahl geht der Blick manchmal zurück. Vom Platz über die grosse Mauer zur Rauchwolke. Und einer, eher jemand mit einem verbeulten Auto, sagt: „Da schwebt Onkel sowieso, siehst du?"
‚Ja,ja, ich seh's. Schon lange habe ich das gesehen.'
Die Zeit vergeht, die ungeteerte Stelle bleibt. Und jedes Mal wenn der Mann, der, der früher der jüngere der beiden Brüder war, in der Stadt ist, fährt er zufällig und manchmal absichtlich über diesen Platz. An der Stelle vorbei. Und immer ist sie ungeteert und gleich. Immer diese gleichen Bilder, wenn er im Vorbeifahren diesen gezielten Blick zur Seite, zur Stelle, wirft. Nach links beim Ankommen und nach rechts beim Wegfahren. Jahre, ja Jahrzehnte lang immer wieder diese Erinnerung.

Jetzt, nach dreissig Jahren, ist die Stelle geteert und zugepflastert. Zugenäht und sauber. Linien markieren Parkfläche und Zeit. Etwas ist verborgen worden. Es ist weg. Ohne Übergang.

Der Mann vergewissert sich weiterhin und will sicher sein wollen.
Oder nicht.

„Zu gross die Gefahr, darin die schwimmende und ohnehin schwindende Sonne zu ertränken."

Die Entwahnung

Der Mann vom Geldinstitut hält inne.
Er schaut von seiner Zeitung auf. Die trägt er schon seit dem frühen Morgen in seiner Tasche unter dem Arm. Oder hat sie auf seinem Schreibtisch abgelegt, wieder aufgehoben, ab und zu und immer wieder zwischen Börsengeschäften einen Blick darauf- aber nicht hinein geworfen und sie eben wieder für die Mittagspause zwischen Daumen und Zeigefinger geklemmt, tragend wie einen Aktenkoffer, mit in den Park, in die Sonne zur Parkbank mitgenommen.

Gewinnen...
Verlieren...

Der Wind hat, Wirtschafts- und Lokalteil, aber auch die Berichte über das Weltgeschehen ignorierend, direkt die Feuilletonseiten aufgeschlagen. Les feuilles tombes in der Zeitung. Der Herbst ist nah.

In der Randspalte fallen ihm, dem Geldmann, die Anfangszeilen eines Gedichts in die Augen:

Gewinnen
verlieren,
das einzige Mass...

Heute ist einer dieser letzten oder wieder ersten Grüsse von Wärme und Licht, die den Mann, ohne zu wissen wie ihm geschieht, ins Leere schauen lassen. Jedenfalls hin und wieder und nur Augenblicke lang. Dann, zwischen Wachen und Träumen, entfernt sich wankelmütig der brausende Stadtlärm: das Fahrzeughupen, die Geräuschkulisse vom Auf- und Abschwellen der getriebenen Motoren vermischt mit den schnell abklingenden und wieder unberechenbar eindringenden Stimmen von spielenden Kindern im Park.
Früher, im Sommer, an Stränden oder im Bad, hatten ihn diese Geräusche oft in kurzen, fast lähmenden Schlaf getragen.

Gewinnen,
verlieren,
das einzige Mass.
Leben,
wie auch spielen:
der verliert
will...

Er hat schon viel gewonnen. Auch schon mal alles verloren in seinen Geschäften.
Jetzt ist er allein. Nicht wieder, aber immer noch.
Er erinnert sich. Zu Hause wurde viel musiziert. Die Musik, die Klänge waren ständig um ihn. Auch in ihm. War er als kleiner Junge krank, sah und hörte er seine Mutter am Klavier sitzen. Das Fieber steigerte seine Empfindungen beinahe ins Schmerzhafte. Die Mandoline hatte es ihm damals angetan. Ihr schnell abklingender, aber klar durchdringender Klang, das spitze und doch weiche Eindringen der Saitenschwingung...

Gewinnen
verlieren,
das einzige Mass.
Leben,
wie auch spielen:
der verliert
will letztlich siegen.
Anfang nicht...

Die Sonne wärmt seine Gedanken auf. Taucht seine Parkbank in geborgenes Licht und erhebt seinen Platz zum leuchtenden Palast.

Sie nähert sich, den Abend verheissend dem grossen Stadtgebäude.

Der Bankmann schaut auf und blickt am Zeitungsrand vorbei ins scheinbar Leere.

In der Liebe, da verschwimmen die Erinnerungen.

Einmal, schon ganz früh und noch in der Schulzeit, hatte er angefangen mit der Liebe. Das Mädchen muss es gemerkt haben. Er wie auch sie fanden die Worte nicht. Sie spielte Klavier und er, scheu, hörte ihr ausserhalb ihres Blickfeldes zu. Ihr Rücken, wie sie so am Klavier sass, wie er sich sanft, eigentlich unrhythmisch bewegte, betörte ihn. Das tut es heute noch, wenn er daran denkt.

Würde er als Kameramann oder Fotograf, besser noch als Musikregisseur Pianistinnen filmen oder fotografieren während ihres Spiels in der Probe oder im Konzert; er müsste sie liebend gerne von hinten zeigen, müsste leidenschaftlich seiner Erinnerung und der unkontrollierten Anmut und des musikdurchdrungenen, einzig dem musikalischen Ablauf gehorchenden Rücken folgen.

Sein Blick bleibt weiterhin verschwommen und schräg zu Boden gerichtet, weit in die Ferne und nach innen gerichtet.

Wann hat er das Mass verloren? Oder nicht gewonnen? Wann es missachtet?

Als er sich einer Liebe hingab? Seiner kleinen Tochter die Trennung vom Alltag zumutete? Als er die komfortable Jugendstilwohnung mit zwei mit Kakerlaken verseuchten Zimmern in der Barockaltstadt tauschte?

Immer hatte er gehofft, einmal ein Mass zu finden. Das Hoffen hatte er nicht - aber auch - als Anstrengung empfunden. Später - wieder einmal allein und müde seinen Geschäften nachgehend – und damals also: Hat er da in Zeiten von Vergeblichkeit, der Hoffnungen und des Wartens etwa gewonnen oder verloren?

Der Bankmann hebt die Zeitung wieder hoch. Er übergeht seinerseits und ohne den Wind, denn dieser macht Pause, den Wirtschaftsteil mitsamt des Auslandbundes und sucht das Gedicht.

Er blättert ungeduldig, findet nicht sofort und dann, wie er die richtige Seite aufschlägt, frischt der Wind kurz auf und klappt in leicht gebogenem Dreieck die Rückseite, die mit den Todesanzeigen, nach innen.

Der Mann schüttelt unwirsch die Seiten. Er will jetzt das Gedicht lesen. Das ganze und dies ungestört.

Gewinnen

verlieren,

das einzige Mass.

Leben,

wie auch spielen:

der verliert

will letztlich siegen.

Anfang nicht gleich Ende.

Jetzt gilt es

aufzuwiegen.

Geist oder Frass,

Leben oder Gesang,

Weben und der Klang.

Der gewinnt scheint

zu verlieren. Das Ende wird

von Anfang an in Hoffnung wohl

versiegen.

Sein Blick verliert sich erneut. Er will nicht blinzeln. Das Wasser steht zu hoch. Zu gross die Gefahr, darin die schwimmende und ohnehin schwindende Sonne zu ertränken.

Es wird kühler.

Der Schatten des grossen Stadtgebäudes ist näher gekommen. Die Zeitung hat er liegen gelassen. Korrekt gefaltet. Auf der Bank, der noch kurz von der Sonne beschienenen.

Im Park.

„zu Gast (…), zu Hause (…) und aufgehoben in diesem Moment."

Der Mann von Dionysion

Der junge Mann geht, geht einfach seines Weges.
Er bewegt sich getrieben von der Lust, diese Landschaft zu erfahren, sie zu ergehen, sich ihr hinzugeben.
Und es tut ihm gut.

Zu dieser Zeit, der Passionszeit auf Kreta, will er wandern. Wild und frei.
Wie ein trockener Schwamm das Nass, wie die Pflanze den Tau, wie die liebende Frau ihren Geliebten: So atmet, so saugt er Düfte und Gesehenes tief, ganz tief in sich auf. Er will sie zuinnerst verwahren können, um sich immer und immer wieder mit Sehnsucht, mit Wehmut und Heiterkeit ihrer erinnern zu können.
Auch die Klänge, die nur durch Ruhe, ja Stille ihre Schönheit entfalten konnten. Mit ihnen wollte er innehalten. Die wunderbare Welt einer schönen

Geschichte sollte bleiben und fortan seine Seele nähren.

Hungrig, jedenfalls auch sehr durstig, vorerst aber unermüdlich und befreit glücklich, geht der junge Mann des Weges. Jede Wegkreuzung eine Entscheidung und so immer eine Wahl.

Seine Schritte lassen die Landschaft sachte, beinahe unbemerkt in neues Licht, in sanft veränderte Sichten rücken.

Der junge Mann geht. Von Knossos nach Phaistos. Vom Männlichen zum Weiblichen, wie man auf der Insel sagt.

Der Weg führt ihn durch Dörfer ohne Asphalt, in Orangenhainen gebettet, vorbei an Landarbeitern und Pilgeraltaren. Vor den Häusern schnuppernde, kläglich magere Hunde. Ausgestossene mit verstümmelten Schwänzen, verkrüppelten Ohren und triefenden Augen in mattem Fell.

In geduckter, verschlagener Feigheit peilen sie den Vorbeiziehenden im Halbkreis, vielleicht erwartungsvoll, an. Hinterrücks verharren sie in jenem

Moment der leisen Hoffnung, schauen nach und ergeben sich schnell wieder ihrem trostlosen Alltag. Frauen vor ihren Häusern, Schwellen putzend, unterbrechen ihr Tun und mögen sich fragen, woher dieser Xenos, dieser Fremde, wohl komme, wohin er gehe und was er bedeute.

Sein Weg führt ihn in weicher Linie und etwas erhöht durchs Tal. Von Dorf zu Dorf. Olivenbäume, älter als das Christentum, säumen seinen Weg.

Der junge Mann geht.

In seine Ledertasche, um die Schultern und zur Hälfte auf den Rücken gehängt, hat er lediglich einen Schlafsack und eine Flasche mit Wasser gepackt. In der einen Tasche seiner Hose befinden sich Zigaretten, in der anderen etwas Geld.

Der junge Mann geht.

Er sieht einen Dorfpfarrer die Kirchentür öffnen und wie er eine Bürgerin empfängt. Die reife, nur in eine knappe Hausschürze gekleidete Frau könnte zum Geistlichen zur Beichte gehen wollen oder müssen, könnte dessen Haushälterin sein, könnte die Kirche sauber machen wollen, könnte...

Dem jungen Wanderer zeigt sich gerade noch ein letztes Bild, wie eine Fotografie bleibt es in seiner Erinnerung haften, bevor ein Baum, eine Hecke oder eine Hausmauer ihm die Sicht verschliesst.

Das Bild bleibt stehen, die Fantasie malt es farbig aus, in dem Moment, als sich - und wie sich - die Frau dem heilig scheinenden Gottesmann um den Hals wirft.

Der junge Fremde zieht, Kirche und Dorf, Szene und Neugier hinter sich lassend, weiter.

Am Abend ladet ihn ein alter Olivenbaum, Jahrhunderte alt und mit jungen silbriggrünen Blättern, zum Lagern ein. Der Stamm scheint dunkel und furchig. Vom Wind gebogen, aber ungebeugt.

Hohes, zum Teil liegendes Gras und der freie Himmel, die Sterne, die sich zum Eindunkeln entfachen, lassen den müden Wanderer zur Ruhe und ihm die Worte eines griechischen Gedichts in den Sinn kommen:

„Meine Seele suchte Signal...
Dort lag ich allein,
der Welt gegenüber
und weinte."

Ehe die Sonne ihren Tagesbogen hat anfangen können wird er wach. Die Sterne haben ausgeleuchtet, ihre Tautränen vergossen, sich verabschiedet. Es ist Zeit zum Weitergehen.
Und so geht er.
Lenkt seine Schritte auf ein Dorf zu. Auf der ursprünglich weissen, rostig verbogenen Ortstafel erfährt er dessen Namen.

„Dionysion"

Er kommt über eine kleine Brücke, über einen kleinen Fluss, der das Dorf zu umschliessen scheint. Auf der anderen Seite setzt sich der Weg, rechts sich auf eine Anhöhe hinauf windend, fort.
Links, dem Bächlein entlang, führt ein Grasweg zu einem Haus.

Durstig, weil schon lange keine sehr reifen Orangen am Wegrand liegend, aufgeplatzt vom Herunterfallen, zerdrückt von einem Eselskarren vielleicht oder eben unversehrt seinen Durst haben stillen können; hungrig, weil kein Rasthaus, kein Cafenion ihm Brot, Rast und Essen hat anbieten können - so kommt der junge Mann an diesem Kreuzpunkt seines Weges an.

Da hört er, unmerklich fast, eine Stimme. Ein Klagen.

Er bleibt stehen.

Auf der Anhöhe, in der Fortsetzung seines Weges kann er nichts und niemanden entdecken, dem er diese Stimme zuordnen könnte.

Wie er so innehält, wartet und lauscht wird dieses Wehklagen, dieser Gesang lauter und eindringlicher. Erst jetzt sieht er, links auf dem Grasweg und vom Haus herkommend eine schwarze Gestalt auf sich zukommen. Sie winkt ihm. Mit nach unten gekehrter Handfläche bedeutet sie ihm, zu warten. Oder näher zu kommen?

Der junge Mann schaut sich um. Unsicher, ob wirklich er gemeint ist.

Der Weg ist immer noch leer. Kein Gefährt, kein Mensch ist zu sehen. Nicht mal ein Esel ist irgendwo auszumachen.

Also muss er gemeint sein.

Die schwarze Gestalt ist jetzt gut erkennbar. Es ist ein alter Mann. Ein schöner Mann. Schwarz gekleidet. Er trägt, wie der junge Mann erst später bemerken wird, eine schwarze Binde am linken Oberarm. Sein Gang ist schwer, leicht gebückt und er geht am Stock. An diesem hängt, an den Knauf gepresst, ein weisses, bauchiges, zusammen geknotetes Tuch.

Der junge Mann geht. Er geht dem alten Mann entgegen.

Sie begrüssen einander. Der junge mit kaum einem Wort in der Sprache des alten. Der alte mit Gesang und Worten, die unverständlich, aber eindeutig scheinen. Die blau-grauen Augen des alten Menschen sind wässrig und abwechselnd in die Höhe und in die Weite gerichtet. Begleitet von seiner klagenden Stimme.

Mit dieser Stimme bedeutet der alte Mann dem Wanderer, sich hinzusetzen. Hier und jetzt. Aufs Gras. Am Weg. Stutzig, frei und staunend befolgt der Junge die Anweisungen des Alten.

Dieser nimmt mit grosser Sorgfalt, mit Würde und Bedacht - feierlich eigentlich - einen ersten Zipfel aus dem Knoten des weissen Tuches und legt ihn nach aussen. Dann den zweiten gegenüber, den dritten seitwärts zum ersten und schliesslich den vierten.

Der Bauch des weissen Tuches, dieses Bündels vom Stock, offenbart eine vollständige Mahlzeit. Zwischen den beiden Männern und auf der Erde liegend. Kaninchenfleisch, Tomaten, Brot und Käse und ein kleines Fläschchen Harzwein. Retsina, der Saft bei dessen Genuss das Lachen des jungen Mannes schon manchmal geweckt und Aphrodite lebendig wurde und die Venus ihr Strahlen vergossen hatte.

Er kann es nicht fassen. Er weiss nicht, wie seine gerührte Unbeholfenheit zu bekämpfen wäre, als der alte Mann ihn auffordert, zu essen und zu trinken. Er selbst, der Gastgeber, lässt die Speisen unberührt.

In der Zeit des Essens - der Junge isst, der Alte singt - nähert sich auf der leicht abfallenden Strasse vom Dorf her eine Osterprozession. Figuren in Weiss, Gold und Rot tragen eine von ihnen geheiligte Sänfte. Weihrauch verliert sich im Gebüsch und Menschen folgen diesem Ritual, in dem sie feierlichen Schrittes hinterhergehen.

Aus dieser Gefolgschaft löst sich ein Mann. Er ist etwa im Alter zwischen dem des Alten und dem des Jungen und läuft auf die beiden am Grasweg Lagernden zu. Er kauert sich vor den beiden nieder und spricht mit dem alten Mann. Respektvoll. Leise. Demütig. Tröstend vielleicht.

Nach einer Weile wendet er sich zum Jungen und fragt ihn:

„Woher kommst du? Wohin gehst du? Welches ist deine Sprache?"

Der junge Mann sagt es ihm.

Es stellt sich heraus, dass der Hinzugekommene als Arbeiter im Land des Wandernden gearbeitet hat, viele Jahre lang, und er sich deshalb mit dem Fremden unterhalten kann.

Der schöne alte Man fängt wieder zu wehklagen an. Der junge weiss den Grund dafür noch immer nicht. Da fragt ihn der Dritte:

„Weisst du, was mit diesem Mann geschehen ist?"
-
„Nein, bitte erklären Sie es mir."
„Seine Frau ist gestorben. Vor ein paar Tagen. Es gehört zur Tradition, zur Kultur unseres Landes, dem ersten Fremden, der des Weges kommt, das Gastrecht, die Gastfreundschaft zukommen zu lassen. Du bist der erste, der den Weg zu ihm gefunden hat."

Dem jungen Mann, der noch nie so etwas erlebt hatte, es in seiner Heimat auch nicht erfahren konnte, dem jungen Mann geht das Herz auf. Seine Seele ist ergriffen. Etwas haftet, einiges bringt und prägt sich ein, hinterlässt Zeichen wie auf unbeschriebenen Seiten eines Buches, lässt etwas klingen, wie die Saiten eines unbespielten Instrumentes.

Ein Schauder des Staunens, der Bewunderung und der Dankbarkeit lässt ihn unvermittelt die rechte Hand auf sein Herz legen und sich in die Richtung des trauernden alten Mannes verneigen.

Sprache hat er keine.

Worte würde er auch nicht finden können. Auch wenn es sie gäbe.

Der Mann, der hinzugekommen ist, fordert den Fremden auf, weiter zu essen und zu trinken. Er verabschiedet sich zuerst vom alten Mann, wünscht dem jungen Wanderer eine gute Weiterreise und entfernt sich, um bald die weiter gezogene Prozession wieder einzuholen.

Der Alte und der Junge sitzen jetzt schweigend im Gras.

Der junge Mann isst. Mit Herzenslust füllt er den leeren Magen, lässt den Wein in seine Adern fliessen und ist glücklich.
Die Schönheit dieses Augenblicks wird ihn sein Leben lang immer wieder erfüllen, begleiten und ihm Zeichen sein. Signal für die Seele eben.
Die Kaninchenknochen sind abgenagt, die Tomaten, der Käse und das Brot fertig genossen und ein paar Früchte fürs Weitergehen aufgehoben, als der alte Mann eine weisse Schachtel mit griechischen Zigaretten zu seinem Gast hinüberreicht und ihm eine davon anbietet.
Die zittrig hingehaltenen Zigaretten scheinen zu zwingend, der junge Mann zu sehr ins ihn umgebende Ritual eingebettet, um als Erster eine von seinen anbieten zu können. Darum greift er zu.

Beide rauchen.

Ruhe und Schweigen.

Beide zu Gast in dieser Welt. Zuhause auf diesem Fleckchen Erde und aufgehoben in diesem Moment.

Später erst, der Junge hat etwas schneller geraucht, streckt er seinerseits dem Alten die arg lädierte Schachtel aus seiner Tasche hin. Er bewundert die Würde und Ehrfurcht, die Bescheidenheit, mit der der Alte behutsam zugreift. Seine schönen Hände umfassen dabei einen Moment lang die Hand des Jungen. Die Berührung ist warm, selbstverständlich und wie vertraut.

Nach einer Weile, beide scheinbar im gleichen Moment, erheben sich die beiden Menschen.

Der alte Mann faltet das weisse Tuch, Ecke für Ecke wieder zusammen. Er nimmt es wieder zu seinem Stock und will dem Fremden die Hand zum Abschied reichen.

Dieser hält das einzige, was er anbieten kann, die halbvolle Schachtel amerikanischer Zigaretten, dem Alten hin. Energisch, fast unwirsch weist der alte Mann diese Geste von sich.

Der Junge ist verlegen, fühlt sich etwas beschämt und auch grob.
Der alte Mann wendet sich um zu seinem Haus, dem ohne Frau so leeren.
Allein und wie zwischen Himmel und Erde gehend, so scheint es dem Jungen, verschwindet er darin.

Der junge Mann geht.
Geht nicht mehr einfach seines Weges.

Er ist ein anderer geworden.

Heinz M.Strohbach

1956 in Basel geboren.

Musikstudium in Bern

Freischaffender Musiker

1999 1.Preis Berner Kurzgeschichtenwettbewerb

2008 Shortlist SwissTextAward

Lehrbeauftragter an den Kantonsschulen Olten und Solothurn

Dozent für Instrumentalunterricht Gitarre an der Fachhochschule Nordwestschweiz fhnw in Solothurn

Vater von Jasmin, Ana und Mino